AF286265

Manuskripte
von
Scorpion C. Moddnock

Manuskripte
von
Scorpion C. Moddnock

entdeckt und überliefert

von einem

unbekannten Verfasser

Bibliografische Information der Deutschen Nationalbibliothek
Die Deutsche Nationalbibliothek verzeichnet diese Publikation
in der Deutschen Nationalbibliografie; detaillierte bibliografische
Daten sind im Internet über http://dnb.d-nb.de abrufbar.

© 2012 Scorpion C. Moddnock
Umschlagdesign, Satz, Herstellung und Verlag:
BoD – Books on Demand
ISBN 978-3-8448-4087-2

Inhaltsverzeichnis

Hinführung

Es war einmal ein Kind aus einer weit entfernten Stelle des Kosmos. Es fühlte sich unbehaglich, geradezu fehl in einer Welt, die so langweilig, so stumpfsinnig, so engstirnig, so anders geartet war. Um diesem Momentum Abhilfe zu schaffen, bediente es sich einen alten Tricks, der da heißt: Erschaffe ein Etwas, das vom Wahnsinn befallen, bevor der Wahn in deine Seele kehrt, dich befällt. Dieses Wesen begann in den Lenden seiner grauen Masse stetig anzuwachsen, und nun lässt dieses Kind es los ...

Ja, so würde mein Schöpfer es beschreiben, meine Zeiten der Geburt meines Existenzprozesses. Ich habe ein Werk geschaffen, dieses Werk ergründet sich aus der Zusammenstellung von auserwählten Manuskripten.

Was will ich?
Ich will nichts und doch alles.
Ich bin das Maß aller Dinge.

Scorpion C. Moddnock

Dies wird nur ein geduldiger Leser verstehen.

Genug jetzt, es reicht. Dennoch kann ich nicht umhin, folgende Werke zu erwähnen und mich dazu ermächtigen, sie WELTLITERATUR zu nennen.

- **Don Quijote de la Mancha** von *Miguel de Cervantes*

- **Das Silmarillion** von *John Ronald Reuel Tolkien*

- **Die göttliche Komödie** von *Dante Alighieri*

- **Necronomicon** von *H.P. Lovecraft*

- **Die heilige Schrift**

- **Faust** von *Goethe*

- **Der Rote Löwe** von *Mária Szepes*

- **Entweder – Oder** von *Søren Kierkegaard*

- **Harry Potter – Band 1 bis 7** von *Joanne K. Row*ling

- **Illuminati** von *Dan Brown*

- **Es muss nicht immer Kaviar sein** von *Johannes Mario Simmel*

Wo stehst du?

Wer kann schon sagen, wie alt du bist?

Gegangen durch Wind und durch Feuer.

Wer kann schon ahnen, wie alt du bist?

Du hast sie erlebt, Ungeheuer.

Die Zeit nagt an dir, du fühlst dich nicht gut,

verloren sind all deine Schätze.

Wo soll sie nur hin, du hast solche Wut,

es liegt nur an dir, in dir die Gegensätze.

Wer kann schon ertragen, wie du dich gibst?

Die Menschen sind durch dich beengt.

Wer kann schon erraten, was du nun liebst?

Dein Haupte in Schwermut getränkt.

Gedanken verloren, das warst du nun einst

bestrebt diese Welt zu verstehen.

All jene Dinge, die du nun weißt,

lassen dich heute klar sehen.

Wer kann schon sagen, wie viel dir noch bleibt?

Es gibt kein Zurück, kein Pardon.

Wer kann schon sagen, ob du sie befreist?

Niemand versteht deinen Jargon.

Der Beitrag ist klein, die Wirkung ist groß,

das Ganze ist unüberschaubar.

Spende den Kindern den nötigen Trost,

dein Ziel ist nicht unerreichbar.

Beharre darauf, denk immer daran,

die Göttin lebt hier und in dir.

Es gibt einen Willen, es gibt einen Plan.

Lebe **jetzt** mit Vision und Visier.

Wer kann schon sagen, wie alt du bist?

Gegangen durch Wasser und durch Erde.

Wer kann schon ahnen, wie alt du bist?

Du hast sie verloren, die Herde.

Der Raum ist zwar groß, viel gibt es zu sehen

und dennoch ist's überall gleich.

Hart hast du trainiert, du spürst Energien.

Willkommen in meinem Reich.

Hoh ich bin passend zu jeder Jahreszeit:

Im Frühling euphorisch

Im Sommer lässig

Im Herbst melancholisch

Und im Winter kalt

Scorpion C. Moddnock

Die Vermessenheit der Menschen kennt keine Demut. Immerzu bewerten sie. Immerzu sind sie neidisch. Immerzu sind sie nur von sich selbst umgeben. Merken nicht, dass der andere sie braucht. Merken nichts. Sie können nämlich nur ihre eigene Welt fühlen und erkennen. Sie sind niedere Wesen. Ich weiß nicht, ob ich Mitleid oder Abneigung für sie empfinden soll. Die mich auf ewig quälende Frage, ob ich sie vernichten oder erretten soll. Die Frage, ob ich ihr Leid mindern oder verstärken soll. Es ist eine Zwickmühle, eine traurige, traurig für mich. Ihr Leid vergrößert meine Liebe zum Leben, verstärke ich es, schwelge ich in Glückseligkeit, vermindere ich es, sind sie froh und ich? Ich gehe unter in Verdammnis und Qualen. Und nein, ich stehe nicht auf Leid und Qualen. Ich helfe Menschen, wahrscheinlich aus Liebe, aber ich hasse die Menschen, ich hasse sie dafür, dass sie mich im Stich lassen.

Der Waldesmann

Einst ging ein frommer Bube durch den dunklen Wald. Links und rechts die Schatten und oben Holzgebalk. Auf dem Wege ist er, sucht Reichtum in der Tat, in der Ferne schweben Blitze, die er von ferne saht. Licht ist nur vorhanden von der Reflexion, der Mond zeigt sich bescheiden aus des Himmels Thron. Hinter den Gewächsen sind's Leute, die da feiern. Der Bube aber folgt dem Wege nebst den Weihern. Wie er nun so vor sich geht, kommen ihm Gedanken. Freude, Angst und Trauer lassen ihn nicht wanken. Kurz halten seine Läufer inne, ein marterndes Geschrei. Es grunzt 'ne Wildsau, hat ihre Frischlinge dabei. Auch der Waldkauz lässt sein Läuten hören, so sind's viele Tiere, die die Stille stören. Die Nacht umarmt den Buben, sie will ihn nicht mehr gehen lassen, doch schon kommen die Strahlen der Sonne, die ihn erfassen. Der Weg zur Weisheit ist lang, ein Wechsel von auf und ab. Der Bube, der zieht weiter, seine Lebenszeit ist knapp.

Morgens um fünfe

joggt er ohne Strümpfe

genießt den Nebel und den Morgentau,

die ersten Sonnenstrahlen erwärmen den Körper lau.

Die Vöglein zwitschern rings umher

am Wegrand geht das Wild einher

Füchse, Hasen, Rehe sind zu sehen

für diesen Anblick muss er niemals flehen

Tulpen, Rosen und dergleichen

öffnen sich ganz sachte

dies lässt sein hartes Herz erweichen

bis zum tiefsten Schachte.

Politisches Pamphlet

Knapp knipp knopp

Die Macht hat mich gefoppt

Fibb fabb febb

Ich glaub ich bin 'n Depp

Fiesel siesel kiesel

Italien fährt mit Diesel

Auto Haus Garage

Außenminister und Blamage

Füller Schreiber Blei

Politik? Ist mir allerlei die Partei

Gehört hier nich rein

Ups! Ein Wort zu viel

Kiel

holen Bowlen

den sollt man ma versohlen

ich höre jetzt

nichts anstatt des Regens

Piff paff puff

höchstens mal im Suff

Salz Hahn Badewanne

heißes Wasser in der Kanne

was tust du hier?

Ich trink kein Bier? Schade

Selber Made

Wie? In Germany?

Ja mit dir und ohne sie

Das wird aber trist mist

Sonne Bank Geschmack

So red' das Lumpenpack

Das ist schroff

Nein Kalaschnikow

Hat das ein Ende Ende

Warum? Gott behände

Ich sag mir selbst, ich will nach Hause

Obwohl ich schon zuhause bin

Jetzt frag ich mich, welches Zuhause

dem Unterbewusstsein kam in den Sinn

Doch nicht etwa der Himmel?

Oder die Hölle gar?

Ist's Vollkommenheit?

Was ist falsch und was ist wahr?

Ich weiß nur, dass ich mich bei Freunden heimisch fühle,

dahin sehnt sich wohl die liebe Seele!

Das Leben, das ist wunderbar,

manchmal unerträglich gar.

Es flucht der Stift, der Radiergummi lacht,

da waren die Texte umsonst erdacht.

Der Finger macht die Inventur,

das Auge fällt in Ohnmacht nur.

Schnell steigt der Lümmel in lichte Höhen,

dies lässt sich die Möse nicht entgehen.

Das Messer schneidet das Fleisch entzwei,

die Gabel hilft ihm stets dabei.

Gehämmert wird die Tastatur,

die Maus gedrückt, die mit der Schnur.

Die ahnungslose Freundin singt ein Lied,

wenn der Holde vor ihr niederkniet.

Mutter Latein, sie hat es sehr schwer,

ihre Kinder mögen sie nicht mehr.

Französisch, Deutsch und Italienisch,

wie kommt's? Sind sich doch sehr ähnlich.

Der Pfirsich nun, wird von der Schildkröte geklaut,

bis der Klempner Pilze zu sich nimmt und ihn verhaut.

Das Auto trinkt Benzin, Super und E 10.

Wenn nicht, ja dann bleibt es einfach stehn.

Der Geistliche spricht sein Maria und sein Amen,

die Gemeinde plappert nach und hofft auf sein Erbarmen.

Der Lehrling macht das Hauptgericht,

der Chefkoch steht im Rampenlicht.

Hier endet das Gedicht abrupt.

Scorpion C. Modnox[*]

Noves Metamorphoses

Zueignung

Ich besitze die Frechheit, mich als Nachfolger von Ovidius zu küren
und seinem Werk Metamorphosen einen zweiten Teil beizufügen.
Seid meine profanen Gesellen, meine Richter,
tadelt oder adelt die kommenden Gedichter!
Die Macht möge mich leiten, bis dass ich alsbald sterbe,
denn das künftig Geschriebene sind göttliche Werke.
Jene Leserschaft braucht eine klare Sicht.
Oder sie geht unter im Wirrwarr des Nichts.
Dies nun ist der erste Eindruck meiner Schrift,
wer weiterliest, wagt den ersten Schritt
in ein neues Zeitalter von Paradigmen;
zu meiner Linken unzählig viele Stigmen,
zu meiner Rechten die bösen Triebe vergessener Geister.
Ihr Dasein bestimmt der allumfassende belehrte Meister!

---

[*] Modnox ist der Genitiv von Moddnock (anstatt Moddnocks – Modnox)

A

Unsere Geschichte hat ihren Anfang im Westen,
da wo die Barbaren bebend toben.
Nach ihrer Stimmung wird der raue Takt angegeben,
welcher widerhallt bei dem Throne oben.
In diesem Akt bestärken sie die,
welche ihrem Leben 'nen weiteren Sinn verleihen.
Dies entwickelt sich zu einer Manie;
das hat die Folge, dass sie sterben oder gedeihen.
Sie machen sich unbewusst abhängig und geraten in eine Sucht.
So sind sie entstanden, die Barbaren, sie fallen in eine tiefe Schlucht.

B

Bald ist er unten angekommen;
dort wächst ein schüchternes Gewächs.
Lange wurde sie nicht vernommen;
er denkt bei ihrem Duft an Sex.
Die Wollust kennt keine Manier;
er lässt sich von seinen Trieben leiten;
sie, die Lust, lockt ihn wie ein Tier;
er ist nah, man kann es nicht vermeiden.
Schon schließen sich die mit Zähnen bestückten Münder;
längst hat er sie berührt.
Nichts wird je wieder gehört von dem freien Sünder,
sie ist nicht mehr erzürnt.

Γ

Nach der Explosion folgt eine Ruhephase,
eine mögliche Erholung erreicht man durch Massage.
Doch darf sowas nicht zur Gewohnheit werden,
Glücksgefühle lassen sich schließlich nicht umsonst vermehren.
Der Teufel hat zu jeder Zeit Bedingungen parat
und er durchschaut Hinterhalt, Lügen, Manipulation und Verrat.
Selbst ein weibliches Wesen kann sich ihm nicht erwehren,
sie sind auch nur Menschen, alles andere: inhaltslose Lehren.
Aber kann sie dem Satan den Rücken kehren?
Oder ebenfalls ins Böse fallen und somit verjähren?
Ein Plan für ihre Rettung muss her;
hat sie denn keinen Schutzengel mehr?
Was seh ich da: ein Junggesell, ein Arier!:
„Ich spüre tiefes Leid in deiner sanften Seele."
„Wa… wa… was willst du von mir?"
„Dir helfen Süße", schon verstummt die trockne Kehle,
denn er lässt sich nichts entgehen, der olle Luzifer.
So hat sie eine schwere Entscheidung zu treffen,
wie soll man auch die Worte eines Stummen messen?
Sie entscheidet sich dafür mit ihm mitzugehen;
das Schicksal beider ist nachher mit anzusehen.

Δ

Währenddessen hat Paul seine Ausbildung beendet.
Der schwarze Ledermantel wird zufrieden aufgetragen.

Der Koffer schließt sich beruhigend.
Ihm wurde das Ziel bekannt gemacht;
schon erfüllt er seine offizielle,
welche eigentlich inoffiziell und geheim gehandhabt wird,
und selbstständige Freiberufler-Karriere.
Auf dem Weg zur Arbeit wurde er kaum wahrgenommen.
Warum das aber entscheidend sein wird,
wird erst dadurch deutlich werden,
wenn wir in das Leben von Revolutionär vorbeischauen.
Revolutionär mag in so manchen Augen ein Träumer sein,
und er selbst befürchtet einmal als Revoluzzer bezeichnet zu werden.
Doch momentan ist er ein Nichts.
Seit vier Jahren nun verfolgt er seine Machenschaften
und lernt jeden Tag dazu;
traurig darüber, dass ein Wesen ihn vernichten wird.
Die Sterne nun haben ihn schärfend geprägt.
Daher schwimmt er in einer schleimigen Konsistenz.
Also muss sein Schicksal seinen Pfad verfestigend ebnen.
Es ward Abend; der nächste Morgen:
Ein Anruf weckt ihn auf.
Ein Vertreter des Dalai Lama spricht mit ihm.
„Ein sicheres Versteck muss gefunden werden", sagt jener.
Man willigt ein.
Prompt,
was bei Revolutionär zwei Stunden bedeutet,
fährt ein Auto vor die Tür.
Er empfängt ihn herzlich.
Sie setzen sich in die Küche und kommunizieren miteinander.
Man einigt sich, der Keller bietet den meisten Schutz.
Zwei Wochen später werden beide nach Tibet geflogen.
Dort verbringt Revolutionär drei Jahre …

Die nachfolgenden Dialoge hat der zuvorkommende Autor aus dem
Tibetischen ins Deutsche übersetzt:

Nach einer, von vielen, mündlichen Abschlussprüfung:
„Das war der beste Vortrag, den ich je gehört habe."
Revolutionär:
„Ich hoffe, Sie werden noch bessere in Ihrem Leben zu hören be-
kommen."
„Gut, gut, gehe nun."
Revolutionär geht hinaus;
ihm folgt ein mit zwei Jahren weniger erfahrener Schüler:
„Das war genial, wie du den Prüfer eben kritisiert hast."
Revolutionär:
„Genial ist nicht der Anwender, sondern der, der's erkennt."
„… kannst du mir das beibringen?"
Revolutionär:
„Nein. Einem Kleinkind kann man auch nicht einfach das Gehen
lehren;
es hat sein individuelles Tempo, um fortzuschreiten.
So hast auch du, wie ich und alle anderen Menschen, einen gewissen
Zeitraffer
zum Erkennen und Lernen,
und dies in jederlei Hinsicht existenzialen Daseins."

E

Diese Geschichte driftet ab in einen Trott.
Das alles klingt nach einem Komplott.
Firlefanz; Schluss damit, sonst werde ich es bereuen;
die Gedichter müssen weitergehen, was mag euch denn nur bleuen?
Da waren doch zwei?
Könnt ihr euch noch wage entsinnen?
Was für ein Geschrei.

Bloß werden sie mir nicht entrinnen.
„Halt“
Beide im Chor:
„Wer spricht da?“
Ich bin der Voyeur, Problema?
Habt ihr schon davon gehört?
In der neuen Welt wurde gewählt.
Und zwar ein schwarzer Wicht.
Auf ihn wartet eine große Pflicht.
Doch davon werdet ihr keine Zeugen mehr sein,
denn eure Seelen sind schon bald mein.

Z

Die Erschreckten kreisen spiralförmig in ein schwarzes Loch.
Der Dämon kehrt zurück zum Joch.
Ein Licht entsteht durch beruhigende Töne;
es tanzt dazu, erzeugt Töchter und Söhne.

H

Der eine Sohn kehrt ab von der Sippe Sitte
Und folgt dem Pass der goldenen Mitte

Religion und Wissenschaft gibt es zu einen,
die meisten verneinen
eines von beiden.
Doch auch wenn sie im Dunkeln tappen,
können sie die Zeit nicht zurückerstatten.
So ist's denn fraglich, was zu tun auf dieser Erde?
Soll man denn studieren, arbeiten, lernen?
Oder das ausfüllen, was besteht aus Leere?
Niemand vermag dies zu sagen, nicht einmal die Keren.
„So ist denn alles, was entsteht,
wert,
dass es zugrunde geht",
lässt Goethe den Herrn Mephisto sagen.
Wozu also rackern, schaffen und plagen?
Na gut,
die Zeit,
wie soll man sie sonst ertragen?
Wenn nichts gegeben wär, sie auszufüllen?
Item lässt die Welt sich selbst zumüllen?
Mitnichten, sie weiß sich zu wehren:
Vulkanausbrüche, Tsunamis, auch Stürme
helfen zur Einschränkung das Dumme zu mehren,
da die Menschheit wird zu einem unerträglichen Geschwüre.

I

Die Dummheit nun versucht er zu bändigen.
Sie hingegen gibt sich ihr hin.
Der Herr hört auf zu sündigen,
die Frau hat für jene nur einen Sinn.
Sie nämlich akzeptiert die Welt, weiß, dass man sie nicht ändern kann.
Sie macht, was ihr gefällt, und spielt mit jenem untertan.
Er macht sich hochgründige Gedanken, gönnt sich keine Pause.
Sie geht schön shoppen mit Schritt et mit Sause.
Er ist manchmal sauer auf sie, sie lebe in den Tag hinein.
Sie macht sich Sorgen um ihn:
Wissensdursts ewige Pein.
Insgeheim freut er sich für sie,
wird sie wohl nicht sinnlos leben, niemals nie?
Doch wie denkt sie?

K

Oh, hört mir auf zu denken,
wie wollt ihr denn die Welten lenken?
Wenn immer nur gedacht und nie etwas gemacht!
O sagt, hat Gott darüber nachgesinnt,
als er die gute Erd' erspinnt?
Sag schon Revolutionär,
gib uns deinen Plane her!

Λ

„Chaos muss gestiftet werden,
sowie Machiavelli es beschrieben.
Die Demokratie muss erneuert werden,
das Schlechte gilt es auszusieben.
Aus dem Alpha wird ein Omega und umgekehrt.
Das Chaos denn braucht einen Fürsten,
den es dann verehrt.
Der Fürst sodann regieret ganz allein, bis eine neue Republik
entsteht.
Trotz alledem hat noch der letzte Schliff gefehlt:
Jeder Staat muss fallen, einer nach dem anderen.
Der Funke dieser Kraft muss von Kopf zu Kopfe wandern."

M

Es scheint, er schwätzt noch unbedacht,
frivol: Er hat ja keine Ahnung.
Alles prallt an ihm grob ab,
auch die harschste Mahnung.

N

Ratschläge, Belehrungen, die „Alten" wissen alles besser.
Gewiss mehr Erfahrung haben sie in ihrem Schneidermesser.
Doch verhält sich Gleiches in menschlicher Interaktion nicht
immer gleich.
Jeder hat einen anderen Gefühls-, Wissens- und Erfahrungsbereich.
Dementsprechend nach Relativität
kann es einen geben, der auf das, auf das andere steht.
Wer wird schon nach 'ner Niederlage, die gleiche Strategie anwenden?
Und denselben Liebesbrief
bei jedem Male einem anderen Mädchen senden?

Ξ

„O herzallerliebste Lilie, wo du doch auch für mich im
Mondscheine blühst.
Du ahnst ja nicht, wie du Tag für Tag meine Nächte versüßt.
Kein Moment kann verstreichen, ohne an dich zu denken.
Du mit deinem blonden, nein, brünetten, nein, schwarzen Haar???
Auf jeden Fall würd' ich dir Juwelen, Diamanten und Perlen schenken.
Dein braunes, nein, grünes, nein, blaues Augenpaar;
in das könnt ich mich in Ewigkeit versenken.
Da wären noch deine Hügel,
so weich und ansehnlich
wie Flügel,
die möcht ich gern mal schmecken;
auch mein Gemächt ist gespannt und begierig:

es fällt schwer sich zu beherrschen, um nicht weiter Blut zu lecken.
Auch bin ich vernarrt in deine Stimme,
Engelsgleich der Ton.
Befehle mir, was du willst, mein Schatz,
unendlicher Fron.
Oh, mir liegt doch nur eines am Herzen,
dass du immerzu befriedigt bist.
Du darfst mich verscherzen,
mir weh tun und mich betrügen – mit guter List.
Ich werde dir verziehen haben, noch bevor du mich verletzt.
Es gibt nichts, das du tun könntest, das mich aus dieser Trance
versetzt.
Dein Lächeln, ob diabolisch oder fromm oder gar betrübt.
Es ist die edle Liebesmacht, die mich fortwährend zu dir zieht.
Und manchmal, wenn du lachst, lässt mich deine Zunge phantasieren.
Sie macht, dass der ganze Körper fängt an nach dir zu gieren.
Dann deine zarten Hände, mit denen du deinen Zehen lackierst …
Einfach alles an dir ist frohlockende Sünde,
mit der du jede Sitte schockierst.
Wie oft soll ich denn noch lamentieren,
damit du mich endlich lässt berühren?"

O

Stundenlang könnt er nun weiterschreiben, und nur so.
Ach die Liebe, ohne sie zu haben, ist er untröstlich froh.

Π

Ja, die Liebe kann so etwas Schönes sein,
wenn sie nicht endet in Kummer und Pein.
Aber ihr habt's ja gehört.
Amor kann auch die Nerven vernebeln.
Der arme Tropf ist total verstört.
Von derlei gibt es viele, die die Welt umsegeln.
Doch dazu später.

P

Überall dröhnt es auf mich ein.
Vogelgesang, Brüllen, Gezeter.
Wie soll man da lebend sein?
Der Wahnsinn von allen Seiten:
Farben, Klänge, wie sie kreisen.
Die Gedanken selbst drücken auf die Zellen.
Harfe, E-Gitarre, Schellen.
Alles leuchtet hell;
Mond, Blitz und Sonnenlicht.
Alles vergeht so schnell;
kein Anfang und doch kein Ende in Sicht.
Alles eine verwirrende Substanz.
Gerüche vermischen sich zu einem wunderlichen Tanz.
Hektische Bewegungen, wie Pfeile zischen sie vorbei.
Apfelblüte, Erika, Orchideen, Enzian und Akelei!

Σ

Dazu ist es immer dasselbe Gelaber. Wer nennt mal originelle
Kosenamen, mit Ruhe?
Mein Jahrhundertschiss, Sarg oder Kadaver, meine Spielkonsole,
Latschen oder Samentruhe?
Nun jut, was reg ich mich darüber auf?
Man kann ihn doch nicht ändern, diesen Maul-Schwanz-Lauf.

T

Die Tür schlägt zu, der Vorhang fällt.
Der Hund, der kratzt, die Katze bellt.
Die Fliege spinnt ein Spinnenrad,
die Spinne fliegt von dannen grad.
Das Vöglein kriecht unter die Erd'
und wird vom Regenwurm verzehrt.
Vulkane speien Wasser aus,
das Wasser fließt zum Himmel rauf.
Der Himmel selbst wird schwer wie Blei,
man kann ihn essen nebenbei.
Ameisen werden itzo riesenhaft,
können nicht mal tragen einen Tropfen Himbeersaft.

Υ

Wie Himbeersaft spritzt das Blut aus seiner Kehle.
Er beendet sein Leben wegen der kaputten Seele.
„Während das Warme rot hinunterseibert,
schreib ich diese Zeilen.
Das Innerste hat nach dem Tod geeifert,
dieser braucht sich nicht zu eilen.
Nicht jetzt jedenfalls.
Ich brauche denn noch ein wenig Hals,
um den Grunde meines Scheidens darzulegen,
um mich mit den Trauernden wieder einmal auszusöhnen.
So fragt ihr euch bestimmt,
warum ich nun erst mit dem Schreiben angefangen.
‚Sssch argh‘, geschwind;
’s ist so; solch ein Unterfangen
hat viel Elend oder Wohlstand nötig
und verfasst man einen Brief, bevor man sich hat getötet,
und dies ein anderer sieht,
während man doch noch lebt,
dann sorgt die Scham dafür, dass man errötet …“

Φ

Rauch steigt aus dem fünften Fenster,
hat Silhouetten wie Gespenster.
Mit „Buhen“ und „Huhen“ wecken sie die ganze Nachbarschaft;
das Feuer brennt mit glühend heißer Leidenschaft.

Es verliebt sich, nicht nur in das Holz nebenan,
auch das nächste und übernächste hat es ihm angetan.
Auch lebende Gewebe sind kein Grund zur Fehde.
Nein. Im Gegenteil, sie passen gut in diese Orgie rein.

X

Die Orgel hallt elegant in der Nacht.
Sie spielt aus Sehnsucht, niemals unbedacht.
Entsinnt sich der guten Seiten,
die schlechten konnt' sie nicht vermeiden.
Aus ihren Hälsen dröhnt ihr göttergleiches Spiel.
Der Schleier ist bestialisch, verdunkelt perpetuierend ihr Ziel.
Das ahnt sie und lässt sich doch nicht unterkriegen.
Denn durch ihren steten Mut vermag sie das Dunkle zu besiegen.
Des Satans gift'ge Glut wirkt auf sie wie eine Droge.
Sie selbst ist Mitglied einer Loge.
Hat die Folgen des Gebetes unterschätzt
und ist nun den neun Kreisen ausgesetzt.

Ψ

Im neunten Kreis wartet der Throndämon auf seine Kunden;
er lässt sie büßen; Stunden um Stunden.
Eines Tages, oder wie immer es dort unten heißen mag,
kam der Moment, in dem Malacoda der Eintönigkeit erlag.

Immer wieder diese Lache und dies Peitschen mit Aggression;
Müssen sühnen, dürfen nur erhalten Schmerz und bied'ren
Höllenhohn.
Ist's denn verwunderlich,
warum die Peiniger ebenfalls gepeinigt sind
und zwar ewiglich.
Doch Malala' hat ein irdisches Vorbild in Germania,
der träumerische Revolutionär mit seiner Mania.
Nebst diesem will er nun dem Trichter als Tumore dienen:
Er erhebt sich über die anderen, ungeachtet ihrer Mienen.
Das Erste, was darauf folgt, ist ein Gesuch bei Luzifer;
angebend für alle, referierte er bald ungefair oder viel mehr:
„O Oberteufel, dunkler Höllenfürst, sadistischster Satan!
Höre auf: Uns liegt eigentlich gar nichts mehr daran,
jene Schwächlinge, die mit dem Jenseitsschiffe zu uns geraten;
wir sind's überdrüssig, sie zu malträtieren, sie zu braten.
Sie stöhnen ,ach', und ihre Anzahl nimmt stet zu und das rapide.
Ja und überhaupt, was gibt es sonst, an dem wir uns können
erfreuen?
Lange hast du uns bei Laune gehalten, merke grade wie perfide.
Ich fordere bessere Zukunft oder soll ich dir mit dem Höchsten
dräuen?"

$\underline{\Omega}$

Ein brausendes Gelächter bricht das Eis,
vorerst verlassen wir den letzten Kreis.

Wegeignug

Das Letzte nun, das ist zu sagen,
ich befürchte, euch zu viel abzuverlangen
und diesem Poetikum den Sinn zu enthalten.
Freunde meinen, es geht schwer durch den Magen
und entsprechend kann es mühsam in den Darm gelangen
und seinen scharfen Duft entfalten.
Aber ich habe davor gewarnt, dass man dies Werk nicht leicht erahnt.
Nun: Noch sieben Kapitel sind mir gegeben!
Viele Fragen blieben offen: Paul, Revolutionär.
Die restlichen Weltensegler, die Reaktion von Luzifer …
Ergo sind mir viele Seiten, um ein gescheites Kettenhemd zu weben.
Ob dies nun aber der Grund, derentwegen ich dies ostendiere?
Bin keine Kreatur, die meint: Gewinne oder verliere.
Vielmehr leg ich auf das Oder wert
und warte ab,
welchen Weg es mir verwehrt,
oder eben andersrum: gewährt.

Lasset das Vergangene Prologus sein
und die Sternzeichen werden die Führer mein …

Scorpion C. Moddnock

Ein Abend im Kaiserreich

Ich sitze in meiner Kammer und möchte studieren, aber im benachbarten Raume wird getanzt und gesungen. So möchte ich denn nicht weiter studieren, da mir die nötige Konzentration fehlt. Lieb wäre es mir, hinaus vor die Tür auf die gepflasterten Straßen zu gehen und zu schleichen. Ins nächste Haus zu entweichen und Käse zu stehlen. Oh, Käse, den mag ich lieb. Ein Laib Brot würde ich hinzustehlen, und wenn in jenem Haus kein Brot zu finden, dann schleiche ich ins nächste. Erst einmal gesättigt, würde ich dann weitergehen, doch immer im Schutze einer nebligen Nacht. Die Wachen sind dumm und nachlässig in ihrem Tun, aber es passiert ja auch nie was. Wie gern würde ich diese Trostlosigkeit ein wenig ändern. Unterwegs käme ich beim Bäcker Müller vorbei, der in unserer beschaulichen Stadt ein kleines beackertes Feldchen hat. Dort würde ich mich der Karotten und Kartoffeln bedienen, nur um mich wieder in jene Häuser zu schleichen, von denen ich genommen habe, um mich zu revanchieren. Hehe, das wäre eine spaßige Konfusion. Da hätte die Stadtwache mancherlei zu tun. Was würde der Graf nur dazu sagen? Die Leute würden sich derart beklagen, überall wäre Misstrauen gesät. Doch für einen Einwand wäre es nicht zu spät. Der Dieb könnte ja auch von außen kommen, die Wege sind schließlich frei. Die hiesige Oblivionkrise denn ist schon längst vorbei. Ach da kommen mir die Gedanken hoch, wenn ich an sie denke, die Daedra und die Daedroth. Bin ich doch nur ein armer Magier und wäre viel lieber ein Kind des Vater Sithis gar sehr. Aber nein, morden würde zu weit führen, stehlen ist schon das höchste Übel, das ich derzeit tue. Aber herrje, geben die denn niemals ihre Ruhe? Für Tänze, Singsang und derlei Ding hatte meinereiner nie einen ausgeprägten Sinn. Vielleicht sollte ich zurück in die Kaiserstadt, dort kann ich zum Anführer der Diebesgilde gehen, der zugleich der neue Erzmagier ist. Vielleicht gibt es neue Aufträge für mich …

Von dunklen Kräften umhüllt

macht sich Beelzebub auf den Weg.

Gänzlich ist sein Herz von Schwärze erfüllt.

Beelzebub ist noch auf dem Weg.

Seine Gegenwart dörrt alles aus.

Wo er gewesen, wird's keinen Frieden geben.

Selbst in Gottes Haus,

wagt er's frevelhaft zu leben.

Keiner ist je verschont geblieben,

stürzte alles in Unglückseligkeit.

Vernichtet nach seinem Belieben;

Beelzebubs Weg kennt nicht die Endlichkeit.

Enttäuschung

Flüsternd und zischend sagte er zu ihr: „Willst du, dass ich deinem krebskranken Mann davon erzähle? Er wird sicher entzückt darüber sein, dass ich dich jetzt schon über zwei Jahre lang flachlege, und wer weiß, vielleicht kann er daraus noch ein wenig Lebenskraft schöpfen, aus dem Hass, den er für dich empfinden wird." Sie wurde bleich, auf ihrem Gesicht zeichnete sich eine Mischung aus Verzweiflung und Mitgefühl ab. Ja, sie weiß, dass sie ihrem Ehemann etwas Schreckliches angetan hat, einem Mann, der's gar nicht verdient hat. Aber es war zu spät, was sie getan hat, hat sie getan. Sie konnte es nicht mehr ertragen, die lebensverneinende Haltung ihres Mannes, das dumpfe, traurige Gesicht, die depressiven Selbstgespräche. Sie brauchte wieder Zärtlichkeit, Zuneigung, Sex. Sie brauchte hemmungslosen Sex. Sie wollte wieder eine Zunge an ihrem Kitzler spüren, einen fleischigen Penis, der in ihre Muschi eindringt, einen Mund, der an ihren Nippeln lutscht, Zähne, die an ihren Ohrläppchen knabbern ... Dies alles hatte sie von einem Mann bekommen, der nun vor ihr steht. „Arschloch", sagte sie mit zitternder Stimme und tränendem Gesicht. Mehr konnte sie nicht herausbringen, sie war einfach zu überwältigt von den ganzen Gefühlen und Gedanken. „Schlampe", fing er mit hämischem Grinsen an, „hast du geglaubt, dass ich dieses Spielchen ewig so weitertreibe? Hast du wirklich geglaubt, dass ich deinem Mann nichts von alldem erzählen werde? Guck nicht so dämlich, das ist total abturnend", und lachte dabei. „Ich kann mich gut an den Tag erinnern: Betty sagte mir, dass du gerade in einer überfordernden Phase steckst, und ich sah dir gleich an, wie einfach es werden würde, dich noch am selben Abend zu ficken; und wie du vor Glück geschrien hast. Je mehr du vor Lust stöhntest, umso mehr empfand ich dir gegenüber nichts als Hass. Hass, weil du deinen langjährigen

Ehemann hintergingst. Hass, der mich nur noch mehr dazu antrieb, dich härter zu ficken, deinen Körper schroffer zu behandeln. Es steigerte deine Lust nur noch mehr. Der Anfang einer wahrlich oberflächlichen Beziehung. Ha, und du hast dich bestimmt schon beim ersten Mal in mich verliiiebt", und er prustete los vor Lachen. Weinend, alleingelassen stand sie da, geistesabwesend blickte sie ihn an. Er kam auf sie zu, hielt ihre Schultern fest und seine magischen grauen Augen blickten tief in ihre rehhaften Haselnussbraunen, dann flüsterte er ihr zu: „Du süße, kleine Hure, ich werde genießen, ihm mit Tränen in den Augen und reumütiger Stimme zu schildern, wie du mich verführt hast, wie sehr du es wolltest." Klatsch! Ihre Hand traf seinen Unterarm. „Oh, wie niedlich, versuchst mir eine zu scheuern, ja?" „Lass mich los!" Sie versuchte sich von ihm zu lösen. „LASS MICH LOS", und sie geriet ein wenig ins Straucheln, da er sie, bei ihrer zweiten Anstrengung, sich aus seinem Griff zu befreien, tatsächlich losgelassen hat. Sie eilte unter Tränen und einer zittrigen Miene hinaus aus der Wohnung, während er hinterherrief: „Ich habe dich immer verstanden, dich und deine kleinen Problemchen, was habe ich mich amüsiert." Sie war inzwischen auf der ersten Stufe des Treppenhauses im fünften Stock angelangt. Er rannte ihr nach bis vor die Tür, um sie noch mehr demütigen zu können. „Du bist ja so verständnisvoll", hast du gesagt.

Des Herrn Papas Töchterchen

Vor langer Zeit lebte einst ein Töchterchen mit ihrem Herrn Papa in einem gemächlichen Haus am Rande einer Weide. Er zog sie nun schon 26 Jahre auf und sie wurde eine herrlich anzusehende junge Frau. Sie hatte wunderbare glatte gebräunte Haut und nach Nelken duftendes brünettes Haar. Ihre gerade Nase lief spitz zu, deswegen nannte der Herr Papa sie manchmal Spitzmaus. Ihre Augen hatten einen glänzenden Braunton, als ob sie aus edlem Kupfer gebaut. Bis heute hatte sie eine unbeschwerte Zeit in ihrem Leben genossen. Kein Leid wurde ihr zugefügt, bis auf ein paar wenige Backpfeifen über die Jahre zur Züchtigung. Auch wurde sie niemals mit erschaudernden Ereignissen konfrontiert. Sie war ein kleines bisschen naiv, aber auch listig und berechnend. Am meisten aber war sie unbeschwert.

Doch dies soll sich nun ändern.

Herr Papa ist gerade im Haus und das Töchterchen eilt hinein, um ihm zu helfen. Mit einem breiten Lächeln schaut sie ihn an und grinst zu ihm hinauf. Sie spricht mit ihm, doch der Herr Papa steht nur versteinert da, hört nichts, sieht nur. Sieht nur sein hübsches Töchterchen … und da lodert die Erinnerung in ihm auf. Einst hatte er geträumt, das ist nun 30 Jahre her, dass er ein Mädchen fickt, ein Mädchen, das genauso zu ihm aufgeblickt hat, das, o wunderliche Vorhersehung, genauso ausschaut wie sein liebliches Töchterchen. Nun erst bemerkt das Töchterchen, dass Herrn Papa irgendetwas quält und ihr Lächeln verschwindet, fürs Erste. Stotternd und sich dann vom Tagtraum der Erinnerung schüttelnd, erklärt der Herr Papa, was er damals geträumt. Erzürnt schimpft sie ihn aus, sowas hätte er nicht aussprechen dürfen. Der Herr Papa, vom Zorne angesteckt, erwidert laut: „Es war nur ein Traum, ein Traum, in dem ich dich gefickt hab", und verwirrt trat er zurück und fiel auf den Boden.

Das Töchterchen vernahm dies schmutzig' Wort und auf einmal regte sich etwas unter ihrem Mieder, kleine Wallungen. Sie krümmte sich, nur ein kleines bisschen, sah den Herrn Papa an, lief auf ihn zu und setzte sich auf ihn. Ihr pralles, knackiges Ärschchen lag nun auf seinem angegeilten Schwanz. Dazwischen? Dazwischen nur ihr ledernes Mieder und seine Jeans. Mit ihren Händen fuhr sie nun über seinen Oberkörper, ihr Gesicht war nun eine Fratze, doch wer geil war, empfand sie immer noch als so reizend und unsterblich schön. Mit diesem Gesicht also sprach sie, sie würde gern von ihrem Herrn Papa gefickt werden, oh, sie wusste nicht, was sie da tat, gern würde sie ihre Jungfräulichkeit ihm gewähren. Herr Papa lag nun da auf seinen Ellbogen gestützt und wartete. Ihre Finger glitten von seinem Oberkörper zu seiner Hose hinunter, sie entriegelte den Schlitz und griff mit ihrer vollen Rechten hinein. Sie packte den Schwanz fest an und begann ihre Handfläche kreisend zu bewegen. Dies machte sie, machte sie mit tiefer Inbrunst, so lange, bis er so richtig steif und hart war. Dann stand sie auf, ließ ihre Kleidung fallen und stand nackt vor ihm. Zum ersten Mal sah er ihre Schamlippen. Sein Schwanz wurde härter. Langsam bewegte sich das Töchterchen auf ihn zu. Sie tropfte schon. Sie meinte, er müsse sie nun auch bearbeiten, bevor es losgehen könne. So setzte sich das Töchterchen auf des Herrn Papas Gesicht. Er begann, sie zart zu lecken, von oben nach unten und umgekehrt. Kurz steckte er seine Zunge in sie hinein, doch krampfte sie vor Geilheit wiederum und schrie: „Noch nicht."

Langsam schmiegte sie sich in Richtung seines Ständers und hinterließ auf seiner Kleidung die Spur der Lust. Mit den Arschbacken knickte sie ihn erst um, aber kurz darauf glitt sie schon mit ihrer heißen, vor Lust triefenden Möse auf seinen Schwanz, der nun wieder sich aufrichtend in sie drang. Mit jedem Zentimeter wurde sie geiler und wand sich auf seinem Schoß. Während er seine Hüfte hoch und runter stieß, wippte sie auf und ab. Sie stöhnte und gewann Lebenskraft, doch in der Schönheit des Exzesses traf sie ein Stich mitten ins Herz. Nun erinnerte sie sich an alles, was sie mit Herrn Papa erlebt hatte.

All die fantastischen, lustigen und erfüllenden Momente. Doch nun fühlt sie etwas anderes, so intensiv war noch nichts dergleichen, was sie bisher erlebt hat. Nur aus Erzählungen von reiferen Frauen kannte sie es und der Herr Papa hatte sie immer davor gewarnt, dass solche komplexen Mechanismen, wie die Sexualität sie mit sich bringt, sehr krankheitsfördernd sein zu können. Es kann Abhängigkeit entstehen, Enttäuschung, Hass, Gewalt. Jede Medaille hat zwei Seiten und wer seine Gedanken, sein innerstes Selbst nicht unter Kontrolle hat, dann können solch magische Bindungen zerstörend wirken.

Entsetzt, aber sich ficken lassend, rief sie aus, dass es falsch sei, dass sie es nicht möchte, sie war hin- und hergerissen. Es kam zum Stillstand. Er meinte, sie solle dann einfach von ihm aufstehen, man könne dies alles vergessen. Doch, o böse Lust, es ziepte ihr. Verwirrt und wie in Trance war sie es, die wieder anfing. Der Herr Papa hätte sie aufhalten sollen, aber er genoss es zu sehr. Dieses Mal dachte er nur an sich. Denn er hat genug Erfahrung, durch den Genuss solch starker Übungen in keiner Weise negativ beeinflusst zu werden. Er sah nicht, dass sie nicht bereit war, zumal es ihr erstes Mal gewesen.

So fickten die beiden und lange Zeit vernahm man Gestöhne und Seufzer in Herrn Papas Zuhause.

Sie fickten zwei Stunden und 21 Minuten. Für das Töchterchen waren es Stunden, Tage, vielleicht auch Monate. Ihr Kopf war ganz nach hinten auf ihrem Nacken gelegt, sodass es spannte. Speichel trat aus ihrem Mund, sie bekam noch ein paar kleine Orgasmen und zuckte.

Der Herr Papa trug das erschöpfte Töchterchen in ihr Bett, damit sie ruhen konnte, und das tat sie. Sie schlief sehr lange und der Erzähler ist überfragt, wie lange sie schlief.

Was kann ich euch derweil über die beiden erzählen?

Nicht viel, denn dazu bin ich nicht geschaffen.

Die Zeit lasse ich einfach vorübergehen.

Oh, da. Da! Sehet, sie wacht auf. Unschuldig wie eh und je und vom Schlafe räkelnd und gähnend. Sie schaut umher, guckt sich ihren Dachboden an, die Sonnenstrahlen erhellen ihr Zimmer, sie will aufstehen. Doch ein Blitz durchfährt ihren Geist. Die Erinnerung ist nun auch erwacht, wie schrecklich kann es sein?

Sie schreit und drückt ihre Finger ins Gesicht. „Herr Papa", ruft sie und wieder steigen Wallungen in ihr auf. Erschrocken zieht sie ihr Nachtkleid nach unten und hält ihre Hände schützend vor ihr Heiligtum. Es beginnt ein Wirbelsturm der Gedanken. Erinnerungen, Sehnsüchte, Leid und Freude vermischen sich, nichts wird mehr klar definiert. Wahnsinn steckt nun in ihr.

Herr Papa deckt gerade den Tisch. Das Töchterchen kommt die Treppe herab. „Guten Morgen, Herr Papa", begrüßt ihn das Töchterchen. Der Herr erwidert und fügt hinzu, dass sie sich setzen könne zum Verzehr des Frühstücks. Auch er ist verwirrt, jetzt. „Weiß sie denn nichts mehr?", denkt er, „ist alles in Ordnung mit ihr?" „Ist alles in Ordnung mit dir?", fragt der Herr Papa, während sie sich ihr Ei pellt. Der Wahn lächelt in sie hinein, jedoch schaut sie zum Herrn Papa auf und blickt unschuldig drein. „Klar doch, Herr Papa, warum solle es mir nicht wohl gehen?" Der Herr Papa nickt, dreht sich um, holt den Kaffee, stellt ihn auf den Tisch und setzt sich an den Tisch. Sie frühstücken.

Später Nachmittag. Das Töchterchen ist nun allein, genug Zeit hatte sie zum Denken. Sie legt sich in ihr Bett, um zu ruhen.

Herr Papa kommt nach Hause. Das Töchterchen nirgends zu sehen. Ein Zettel liegt dort auf dem Tisch in der Stube. Er hebt ihn auf und liest, nach oben solle er kommen in ihr Zimmer. Bevor er der Nachricht Folge leistet, erledigt er noch die kleinen Dinge, die er jeden Tag nach dem Heimkommen tätigt.

Das Töchterchen schläft, sie lächelt beim Träumen. Was für ein Traum es ist? Ich will nicht schon wieder unter die Gürtellinie fahren, entscheidet selbst. Ah, da kommt auch schon der Vater. Vorsichtig kommt er, das kleine Töchterchen im tiefen Schlafe erblickend. Wie lieblich sie ausschaut, doch was ist das? Ganz nackt ist sie ja. Der Herr Papa setzt sich auf den Bettrand und rüttelt das Töchterchen sanft an seiner rechten Schulter. Langsam stöhnt sie, was los sei, dann aber wachen die Instinkte, mit weit aufgerissenen Augen starrt sie Herrn Papa an. Mit ihrer Rechten umschließt sie einen Griff.

„Mein Kind, warum bist du so blass und warum hast du nichts an?", fragt er. „Mir ist nicht so gut, geh, hol mir einen Tee."

Er wollte gerade aufstehen, sein Blick war schon abgewendet, da durchfuhr in ein Schmerz. Ein Messer steckte in seinem Körper. Er blickte sie an. Das Töchterchen hatte es die ganze Zeit über unter der Bettdecke versteckt. Ihre Augen immer noch weit und aufgerissen, zog sie das Messer heraus. Der Herr Papa fing sofort an zu röcheln. Blut strömte aus der Wunde und quoll aus dem

Munde heraus. Sie stach wieder zu, zwischen seine Beine. Er fiel zu Boden und ließ es einfach geschehen. In ihrem Blutrausch stach sie viele Male auf ihn ein. Der Herr Papa ward gestorben.

Dort auf der Treppe sah man sie sitzen, den Kopf des Herrn Papas in den Armen haltend und wiegend. Seine Augen waren geöffnet. Sein Blick kreuzte den ihren.

„Jetzt ist wieder alles okay, Herr Papa, ich bin genesen und wir können in Frieden weiterleben', sagte das Töchterchen mit den Augen zum Küchentisch gewandt. Dort stand ein Marmeladenglas …

mater omniae scientiae et lingua germanorum studeo

Scorpion C. Moddnock

Auftretende: Der Weise, Die Vollbusige

„Oh ja, lutsche, lutsche, warte! Tu ihn raus. Ah. Ahh." Pause. „ Ja mein Kind …", und dabei tätschelte er ihr auf den Kopf, „… jetzt tropft Sperma von deinem Gesicht. Nimm ihn wieder in den Mund und koste die letzten Tropfen, sie sollen für deine Zunge sein." Sie tat es und tat es mit neugieriger Freude. Ihre volle Brust entblößt, sie war in den Dreißigern. Ihr Körper schlank, nur dort, wo Rundungen sein sollten, waren auch ordentliche. Ihr Gesäß, man konnte es schön packen und kneten, war so wundervoll. Gerne knabberte der Weise daran, natürlich nur spielerisch, warum sollten Weise nicht mehr spielen dürfen? Aber wie soll ich das Verhältnis dieser beiden beschreiben? Hmm, so war es doch keins und doch eins. Aber eher ein freundschaftliches und unbekümmertes, als ob Kinder sich zum Spielen träfen. Kein Liebesverhältnis. Keine Affäre, nein, nichts Unanständiges, sondern etwas Freies, Unvoreingenommenes. Oh, wie gerne spielten sie die verschiedensten Rollen annehmend. Schaut doch selbst:

„Oho, du hast ja eine feine Muschi. Kann die auch miauen?" „Nein, meine bellt", und mit ihren feingliedrigen Fingern nahm sie ihre Schamlippen und ahmte die Bewegung eines Maules nach, während sie „Wuff, wuff, jetzt schnapp' ich mir den kleinen Mann" ausrief. Und ja, des Weisen Schwanz steckte nun zwischen den Schamlippen, die vor Begierde anfingen feucht zu werden. „Pass auf, du kleines Ungetüm, bevor du mein Ding zu hart machst und von der speienden Lava zugrunde gehst, ha", entgegnete der Weise. Er verdrehte die Augen vor wollüstiger Gier, sie konnte dies Schauspiel nicht länger ertragen, drehte sich ein wenig nach links und schrie: „Jetzt besorg's mir von hinten, dring in mich ein, sei mein Tröster und spende mir neuen Lebenswillen." Eigentlich spendete er durch jeden Akt neue Lebenskraft, aber na ja, Lebenskraft verschafft ja bekanntlich Lebenswillen. Er tat, wie ihm geheißen und langsam wirbelte er seinen ach so feisten Spender in die Schüssel hinan. Und wie war es so lecker, dies anzusehen. Dieses Herumrühren in der Fleischeshöhle. Oh, welches Rezept muss bei diesen Zutaten geschrieben werden? Wie beide ächzten. „Ja, mach' weiter, dringe tiefer in mich ein, bitte, bitte." Ein Keuchen und sie konnte Tränen des Glücks nicht unterdrücken …

„Na du Scheißkerl", sagte sie, „ du willst mich wohl mit deinen ätzenden Fürzen ergeilen?" „ Aber nein, Herrin", antwortete der Weise wehleidig, denn er wusste, dass die Vollbusige schon lange nicht mehr Herrin gewesen, somit also einen gewissen Nachholbedarf hatte. „Gehe auf die Knie und lecke meine Waden." Er kuschte und leckte. „Halt, hole jetzt deinen Phallus und reibe ihn an meinem Arsch, mehr bekommt er nicht." Als er sich nun so am Arsche der Vollbusigen rieb, kam er schon. „Du Armseliger", rief sie erbost, „du weißt, was das heißt? Belle und winsele um Gnade." Und der Weise bellte und jammerte, sie möge ihn nicht bestrafen, doch da zückte sie die Peitsche …

„Guten Tag, Frau … Frau?" „Mit-dem-Schwanz-Voraus", half ihm die Vollbusige. „Frau Mit-dem-Schwanz-Voraus, was plagt Sie denn?" „ Na ja, wissen Sie, Herr Doktor, es juckt mich seit geraumer Zeit." „Jucken? Wo juckt es denn?" Die Frau errötete (ja, solch eine vortreffliche Schauspielerin ist sie!): „Das ist mir ein wenig unangenehm." „Hmm, dann gehen wir erst einmal anders an die Sache ran. Wie können Sie denn dieses Jucken beschreiben?" „Na ja, wenn ich ein heißes Bad mit Kerzen und Rosenblättern nehme, dann fängt es an zu jucken …"

Es ist ein Leserjammer, dass mehr nicht überliefert ward, doch bin ich der Überzeugung, dass sich der Angeödete (generischer Plural) nun gut vorstellen kann, wie Der Weise und Die Vollbusige miteinander die Existenz ihrer Lust auslebten …

Man sieht nicht mehr mit Kinderaugen

diese Welt verlaufen.

Man sieht nicht mehr das wahrlich Gute,

sie wurden krude.

Man glaubt auch nicht mehr ans Mysterium,

er ist nun schlau, nicht dumm

und anstatt zu fabulieren,

bemüht man sich zu persiflieren.

Die Worte sind nicht mehr Blablabla,

sondern kurz und lapidar.

Man hängt nicht mehr an den „Elterli",

es wird angestrebt die Autarkie.

Für den eigenen Behuf

sucht man sich einen prätentiösen Beruf.

Die Freunde lädt man sich manchmal ein,

nicht mehr aus Spaß, sondern um frei von Stress zu sein.

Dann irgendwann tut man sich ein Weibchen an.

Das nörgelt da und hie, man hadert,

geht in die Wirtschaft und verkatert.

Man geht betrunken dann ins Bett,

dort wartet die Frau, schon ganz keck,

der eine schläft dann bald auch ein,

die andere schaut beleidigt drein.

Man stelle sich eine Linie vor und nimmt die linke Seite und die rechte Seite und verbindet sie. Was erhält man? Einen Kreis!

Scorpion C. Moddnock

Auszug aus:

Eine marginale Persönlichkeit

[zensiert]

Den Juden ist das Land Gottes, den Christen der Sohn Gottes und den Muslimen das Buch Gottes.

Scorpion C. Moddnock, fazitärer Kommentar zu Hans Küngs „Der Islam"

Philosophische Fäden

Sonne. Schmelzende Strahlen haben die Stadt erreicht. Eine Gruppe von Freiheitskämpfern hat sich zusammengetan, um diesen Einhalt zu gebieten. Mit mäßigem Erfolg. Sie sind nämlich tot. Eingegangen, verschmolzen, ein Teil dessen geworden, was sie bekämpfen bzw. aufhalten wollten. Sonnenmenschen. Sie sind Götter; als Götter werden sie behandelt. Behandelt von den Normalsterblichen. Sie sind erbärmlich. Richten sich nach einer Konvention, einer schönen wohlgemerkt. Nein, nicht schön, verblendend, gleißend, unnahbar und deswegen wünschenswert. Eiferer. Gebete. Kult. Glaube. Sehnsucht. Tränen. Unsägliches Leid. Kreislauf. Depression – Manie. Heiterkeit – echt oder affektiert? Ich weiß es nicht bzw. der Erzähler weiß es nicht. Ist dies Werk ein eigenständiges Individuum? Oder doch nur ein flüchtiger Teil des Erzählergeistes? Bist du in mir, Werk? Was tust du? Viel wichtiger, mit mir? Bedingen wir einander? Nein, noch stehe ich höher. Die Schizophrenie ist noch nicht am Hafen der Flügel angekommen. Ich bin der Herr, doch eher dein Herr.

Stillstand. Der Absatz hat eine Intension. Der Erzähler wurde abgedriftet. Es folgt die Fortsetzung. Stillstand. Gibt es nicht. Dennoch haben wir ein Wort hierfür. Warum stellt der Mensch Theorien auf? Invertiertes Spektrum. Der Beweis hierfür ist unbekannt. Die Theorie nicht. Woher nimmt der Mensch das Wissen für diese Theorie, und vor allem: a priori oder a posteriori. Intelligenz. Voraussetzung zum Erklären schwieriger Sachverhalte. Fehlt. Im Sinne, wie beim Zahnarzt. Weisheit. Rätsel. Geistige Überforderung, warum eigentlich der Zusatz „geistig"? Nonsense. Liegt der Sinn im Verneinen des

Seins? Liegt der Unsinn im Bejahen des Seins? Liegt der Sinn im Bejahen des Seins oder liegt der Unsinn im Verneinen des Seins? Warum sollte man das Sein bejahen oder verneinen? Ist es nicht genug zu sein? Wenn wir sind und weder das Sein bejahen noch verneinen, was gibt es dann zu tun? Was gibt es zu tun, wenn wir das Sein entweder verneinen oder bejahen? Stille. Stille gibt es auch nicht. Dabei belässt er es. Kausalität. Locke-Hume-Kant-Schopenhauer-Kette. Gibt es etwas, das keinen Anfang und kein Ende hat? Dummheit. Dummheit ist das Fehlen von Wissen. Nie kann ein Mensch alles Wissen. Ein Mensch kommt aber ohne Wissen niemals in diese Welt. Folglich war er nie dumm und ist es dennoch und kann den Zustand des Dummeseins nie verlieren. Vieles lässt du offen – erste Gedanken – Profilierung – Warum? Weil ich das Leben sowohl verneine, als auch bejahe.

Absatz. Furcht. Reine Eigenart. Frau. Lasse er das Thema. Ist gebongt. Bong – kratzt im Hals. Tu-nicht-gut. Versager? Drogen? Aber nicht doch. Keine Experimente. Nicht mit den Massen, aber mit dem eigenen Körper legitim. Aha. Junkie? Ja. Hab' Essen lieb. Trivial. O Leser, quälst du dich? Alles verläuft nach Plan. Vorsicht – verworfen – e – Idee. Waaaaaaaaaaaaaaaaaaaaaaaaaaaaaaaatschen. Watschen. Leer. GUT. Mut. Ter – rasse. Kasse ist klasse – klasse isst Kassler. Vergewaltiger der Sprache? Entmutigt den Leser. Du bist negativ. Angst. Nein. Wechsel. Paradigma.

Zusatz: Definition: Fallen dir denn keine wollenden Worte ein, weiche Verstrickungen der Lyrik? Gleichberechtigung. Geht das wieder los. Na gut; kann man Dramatik und Epik einfach so ausschließen? Geht doch. Erzähler sitzt und geht nicht. Ist das Humor – voll mit Hose. Pose. Posse. Po – Pop – Po – Popel – Po – Post – Po – Po positiv. Endlich. Machst du weiter?

Weiß nich, schon schön spät. Beet. Ruft. Kluft. Zukunft. Vorbei. Nada.

Ein weiterer Tag. Neu? Nein, nur ein weiterer Tag. Weder neu noch alt. Gegenwart. Phänomen des immerwährenden Seins und gleichzeitig eine absolute Idee. Nie kann es nicht Jetzt sein, außer in unseren Gedanken. Macht das Vergangenheit und Zukunft realistischer? Streitfrage. Menschen streiten gerne. Beharren oder Angst, was auch immer ihre Motive sind. Vorwärts. Du kannst nicht zurück. Du kannst höchstens etwas wiederholen. Weiter. Weiter werde ich dies nicht ausführen. Ich mag es nicht, Menschen etwas vorzukauen. Selbst sollen sie Schlüsse ziehen. Horizontgebunden sollen ihre Erkenntnisse sein. Fortschritt. Schreitet jemand fort, so ist er bald entschwunden. Egal auf welcher Ebene. Während er auf der einen, für dich unsichtbar ist, bist du es möglicherweise für ihn auf einer anderen. Vielseitigkeit. Ich bin ein Prediger. Anderen zu helfen ist nicht uneigennützig, im Gegenteil. Die Kausalität dankt es dir.

Suizid

Des Lebens müde und enttäuscht

Macht er sich bereit

Will entschlafen ohne Leid

Greift zum Messer, keucht

Das Blut rinnt langsam, aber stet

Lacht darüber wahnsinnig

Der Tod zum Sterben lädt

Ist nun nicht mehr trübsinnig.

the end is near

sie liegt in der Badewanne, warm ist das Wasser

der Schaum vermischt sich mit dem Blut

die Rasierklinge ist längst aus ihrer Hand gerutscht

der linke Arm längs aufgeschnitten

the end is near

er liegt draußen im Park vor einer Bank

im frischen Gras stehen Flaschen nebendran

er liegt dort mit dem Mund nach oben

unbewusst wird die Kotze ausgestoßen

the end is near

er sitzt vorm Fernseher, den ganzen Tag

und lacht, selbst, wenn es nicht witzig ist

auf einmal greift er nach dem Kabel

und betrachtet die Welt hängend

the end is near

sie kann nicht mehr und wird geschlagen

der Vater nennt sie eine Versagerin

ihr Selbstwertgefühl geht gegen null

so springt sie aus dem neunten Stock

the end is here

Oh, Frevel

Oh, Frevel, was hast du getätigt? Kannst du das Antlitz deines Spiegelbildes weiter ertragen? Du solltest im Stalle helfen, stattdessen wirfst du nach den Tauben. Ja, nun weißt du's. Die Taube ist tot. Getroffen am Schädel, der Asphalt ist noch frisch, frisch vom Blut bedeckt.

Oh, Frevel, Holz solltest du ins Haus bringen zum Feuern, und du? Was tätigst du? Machst ein Feuer im Getreidefeld. Was sehe ich, die tote Taube liegt inmitten des Holzscheithaufens. Wehe, das ganze Feld ist in Brand.

Heiß ist der Tag, Rauch steigt in den Himmel. Der Weg ist lang. Man riecht es schon. Verbranntes Fleisch, verbrannt sind auch Weizen und Hafer. Die Eltern und die Großen sind in Schrecken. Wo bist du nur, dummes kleines Balg. Da liegt es, Ohnmacht der Vergiftung des Qualms. Der Dorfdoktor eilt im Marsch. Langes rötliches Haar hat sie, noch röter im gleißen Sonnenlicht. Der Doktor ist eine Sie. Sie bringt ihn zurück ins Leben. Von Munde zu Munde. Nun Junge, es ist kein Kuss, doch wer küsst dich da, fragst du? Er schlägt, diesmal aber nur die Augen und nicht zu, sondern auf. Oh, Schelm, verliebst du dich grade? Er hat sich verliebt.

Der Junge steht auf und erinnert sich an gestern. Danke, oh, Frau Doktorin. Er will ihr was Gutes, also beschließt er, auf die Wiesen zu gehen. Oh, kein Frevler mehr, nur noch ein Müßiggänger nun mehr. Er sammelt die schönsten, reich verziertesten und grazilsten Blumwerke, die Natur zu bieten hat. Es klopft an der Tür. Sie ist gerade beschäftigt. Da. Da steht ihr kleiner Schützling, mit einem riesenhaften, aber nicht unordentlichen Bouquet in beiderlei Händen. Sie lächelt, nein, sie strahlt mit ihrem Lächeln den jungen Jungen an. Sie offeriert ihm einen Kamillentee. Er ist ganz befangen. Doch aus der Ferne hört man Rufe. Er wird nach Hause empfohlen. Sie macht kehrt und er sieht noch ihr volles, langes Haar herumwehen.

Hochzeit. Die Kirchglocken erbeben, erbeben mit dem Herzen des Jungen. Dick sind seine Tränen. Von Glück erfüllt die ihren. Vom Dachboden aus, sieht er in der Ferne die Kutsche. Sie fahren in die Stadt zum Schmaus. Die Doktorin ist verheiratet. Der Junge nun ein junger Mann.

Im jungen Mann entdeckte man Talent. Jura nennt sich sein künftiger Weg. Er lernt ein Mädchen kennen, ein Mädchen, das ihn foppt und reizt. Wie gern hört er sie schelmisch kichern. Sie haben sich längst verliebt.

Er ist nun ein Familienvater, die Beziehung hielt stand, und ein begnadeter Anwalt. Die Doktorin kommt zu ihm. Ihr Mann würde sie stuprieren. Er schafft es. Der Übeltäter sitzt im Turme. Die Doktorin dankt und ist in Zwiespalt. Sie sieht des jungen Mannes Eifer und Verdienst. Zu spät ist es, Frau Doktorin, die Wahl hast du schon lange getroffen. Zu spät ist es.

Allein ist sie, allein stirbt sie.

Der junge Mann ist ein Mann.

Lange lebte er mit seiner Frau und dem Kind im warmen Heim bei alltäglicher Arbeit.

Wenn man solo ist, sieht man weit und breit nur schöne Frauen. Wenn man vergeben ist, sieht man nur noch eine!

Scorpion C. Moddnock

Gedankenstränge im Handgemenge

wie wird die Zukunft geformt?

die Tat ist abhängig vom Wort

wer hat diese Welt genormt?

das Wort aber entsteht aus Leere oder Gefühl

und doch ist es nur ein Stimmengewühl

eins im Ganzen

doch wann ist etwas vollständig

musizieren, schreiben, tanzen

was davon ist wichtig?

egal welche Antwort, es kommt die nächste Frage einher

was ist nun falsch und was ist richtig?

wann gibt es keine Zeit, keinen Raume mehr?

das Nichts am End, das suchen wir.

Oh, was hat manch einer zu ertragen …

Auf des tapf'ren Erdenrund

So viele Stimmen, und viel mehr Klagen

Kommen aus des Kindes Mund

Sie sind noch verfangen in ihrem scheuen Glauben

Binden sich an das Vertraute, das ein jeder sieht

Denken nicht an des Schicksals Schrauben,

wo doch das Unterlassen jenes, sie deutlich runterzieht.

Verschweigen und Verstecken, darin sind sie geübt

die vergangenen, unzähligen Jahrzehnte haben ihr Gemüt

verdorben, verwirrt, vergewaltigt, und nun ist es betrübt.

Doch entspringen wir dem allumfassenden Geblüt,

die Essenz, aus der alles lebt und lübt.

Ein Liebesgedicht

Ich bin total verknallt

Doch das erst seit zwei Tagen schon

Vier lange Jahre hab' ich nichts mehr gefühlt

s' scheint mir, ich mache mich wieder zum Idioten nun.

Dachte mir; geh doch einfach hin

und mach sie komisch an

sie wird es bestimmt lustig finden,

hab's dann aber nich getan.

Später sprach ich doch zu ihr,

nur über Schule und den Kram,

mehr wär wohl zu viel gewesen,

ich kam trotzdem bei ihr an.

Den Tag später schrieb ich dem süßen Mäd'

Was sie als Schönheit denn so alleine tät?

Mein Kumpel meinte, ich hätte zu dick aufgetragen,

soll dennoch nicht verzagen

geduldig sein und warten.

Nun isses so, wenn sie mich kontaktiert,

dass ich frohlocke, ja ganz hibbelig bin ich.

Da hat die Liebe, den guten alten Moddnock, mich

mal wieder pervertiert.

Ich

Ich bin

Das ICH BIN

Du bist das Resultat aller vergangenen Augenblicke deiner Existenz. Reicht das aus? Augenblicke hast du auch mit anderen geteilt. Du bist das Resultat aller vergangenen Augenblicke deiner Existenz, auf dich selbst und auf andere bezogen. Außerdem: Bist du nicht auch das, wofür dich andere halten, dass du es bist? Irgendwie schon, da sie Rückschlüsse von deinem ihnen bekannten Verhalten auf deinen Charakter, auf dein Wesen rekurrieren. Irgendwie aber auch nicht, da diese Rückschlüsse scheinbar nichts mit deinem Wesen zu tun haben. Es sei denn, du lässt dich durch ihre Gedankengänge und den daraus resultierenden Aussprüchen beeinflussen, negativ sowie positiv.

Du

Du bist

Du selbst

Ich sehe dich. Aber existierst du auch? Existierst du für mich, wie du für dich selbst? Ich meine nicht.

Wir

Wir sind

Wir sind zusammen

Jedes Teil des Wir sieht den anderen Teil des Wir auf eine andere Weise. Wobei die Teile nicht nur auf ihre kleinste Einheit, nämlich eine Person reduziert werden dürfen, sondern in jede Anzahl, die sich aus der Teilung des Wir ergibt. Beispiel: Du siehst Person A so und Person B so. Du siehst aber A und B als zwei Personen zusammen auf eine andere Betrachtungsweise. Rein hypothetisch: Deswegen kommst du mit A und B sehr gut zurecht, wenn du mit beiden zusammen bist. Mit A kommst du zurecht, wenn ihr beiden alleine seid, wenn du aber mit B alleine bist, kommst du überhaupt nicht zurecht.

Ihr

Ihr seid

Ihr seid anders

Das Ihr entsteht, da man von seiner eigenen Perspektive nach außen schaut. Nach außen auf eine Gruppe hin. Fremdeln ist die Folge.

Essay über Vorbilder

Warum es gefährlich, gar unehrenhaft ist Vorbilder zu haben

Eben habe ich darüber nachgesinnt, nach welchem meiner Vorbilder ich am besten handeln soll. Dabei ist mir aufgefallen, dass nur allzu oft gewisse große Namen missbraucht wurden und noch immer werden.

Keiner kann den anderen nachvollziehen. Nicht einmal wenn es über denjenigen die meisten Schriften jedweder Information gibt. Denn diese reichen noch lange nicht aus, diesen Menschen als Ganzes zu erfassen und demnach auch sein Geschriebenes nicht. Aus diesem Grunde sind viele Werke mit der Gegenwart ihres Erschaffens fixiert und für die Nachwelt gänzlich uninteressant. Wahrscheinlich auch ein Grund dafür, dass ein System meistens nur eine Generation anhält. Die Gefahr liegt darin, dass man in einem gewissen Paradigmenmuster stagniert. Diese Stagnation komprimiert die ganze Gesellschaft so lange, bis es unumgänglich geworden ist, dass eine explodierende Revolution erfolgt.

Dies zum einen, zum anderen ist es eine Beschmutzung der entsprechenden Person, nach ihrem Vorbild zu leben, da niemand niemals in der Lage sein wird, genauso zu denken, zu fühlen, zu handeln etc. Auch ist dies eine Eingrenzung der eigenen Individualität und eine Verzerrung des eigenen Schicksals. Nichtsdestotrotz ist es dennoch von Vorteil, Inspiration, Weiterentwicklung o.Ä. aus gewissen Menschen zu ersuchen. Ja, dieses Prinzip ist sogar unvermeidbar, da so oder so der eigene Erfahrungshorizont beeinflusst wird bzw. Wissen vergangener Äonen beeinflusst.

Das einzige Vorbild, das ihr euch folglich nehmen sollt, ist euer eigenes Selbst!

Ein kleines Essay …

Das Freiheitsproblem

Es geht nicht um die Frage, ob es Freiheit gibt oder nicht, sondern darum, wofür wir Freiheit überhaupt brauchen können.

Das Höchste, was ein Mensch zu erreichen gesucht, ist Glückseligkeit (im Diesseits oder Jenseits). Wie erreiche ich nun diesen unsagbaren Zustand der Glückseligkeit? Durch Freiheit, durch mein Schicksal?

Wenn wir das Schicksal als Zweck zur Glückseligkeit ansehen, müssen wir es auf die Akzeptanz desselben beschränken. Ferner noch, wir müssen dem akzeptierten Schicksal entgegengehen, ja darauf hinarbeiten. Denn das Schicksal wurde uns gleichsam in die Wiege gelegt, es definiert unsere Fähigkeiten und Schwächen, es definiert, was wir sind (wer wir sind, ist eine andere Problematik).

Sind wir aber frei in unserem Handeln, so irren wir in einem Dickicht an Möglichkeiten auf dem Weg zur Glückseligkeit. Die Folge hieraus ist evident. Es folgt daraus, dass wir den Zustand **der** Glückseligkeit niemals erreichen können (mag es auch den einen oder anderen Glückspilz unter uns geben). Manch einer wird nun einwenden, dass er selbst oder jemand, den er kennt, den Zustand der Glückseligkeit erreicht hat. Aber sobald Freiheit im Spiel ist, kann Glückseligkeit kein fortdauernder Zustand sein. Da jene Menschen die Freiheit haben, diese erkannte Glückseligkeit zu verwerfen, im Glauben daran, auf eine neuere, vielversprechendere Glückseligkeit zu stoßen. Obgleich sie also durch Freiheit in die Glückseligkeit gerieten, sind sie durch dieselbige wieder davon abgekommen, da die Freiheit keine Zufriedenheit kennt.

Kurzum, frei ist derjenige, der sein Schicksal akzeptierend selbst in die Hand nimmt, darauf hinarbeitet, die Zeichen der Zeit erkennt und nützt.

Nachfolgendes Manuskript ist ein Fund eines Briefwechsels zwischen dem sogenannten Wahngott und seinem autountertänigen Herold. Jedoch ist nur die Antwort erhalten geblieben, die genauen Fragen des Herolds bleiben verschollen ...

An Dominic den Unterwürfigen, Herold meiner Selbst
Mein Herold, wie nutzlos Ihr auch erscheinen möget, haltet ein, denn für mich seid Ihr von unschätzbarem Wert. Damit Eure Torheit Euch nicht in die Abgründe der Verdammnis stößt, lasse ich Euch von meinem Wissen teilhaben.

Sonnenschein – selbst wenn die Wolken den Horizont verdecken, scheint die Sonne dennoch!

Du närrischer Einfaltspinsel!!

Du suchst Methoden? Hast du schon einmal in den Spiegel geschaut? Hast du schon einmal in deine Seele geblickt? Dort wirst du viele Antworten finden, hohoh.

Bedenke, was deine Seele will. Was willst du? Hast du schon einmal darüber nachgedacht, dass das, was man will, schädlich sein kann?

Du willst ferner wissen, wo die Grenze zwischen Wahnsinn und Vernunft liegt?

Ich nehme mal an, du willst eher wissen, wo die Grenzen des Wahnsinns aufhören **dürfen** und wo die der Vernunft anfangen *sollen*. Nun, das ist eine sehr gewiefte Frage. Ich weiß nicht, ob ich sie beantworten werde, sie ist sehr öde und die Formulierung der Antwort sehr anstrengend. ...

Die Wahrheit? Du wagst es, mich nach der Wahrheit zu fragen? Die Wahrheit ist verborgen. Niemand vermag sie in Worte zu fassen, geschweige denn sie aufzuschreiben. NIEMAND hörst du? NIEMAND

Dennoch existiert sie. Wie ist das zu verstehen, fragst du? Es gibt da ein Sprichwort: „Wenn du Buddha begegnest, töte ihn."

Niemand kann dir helfen, nicht einmal ich bin mächtig genug. Ich kann zuhören und nachvollziehen, ich kann darüber nachsinnen und meditieren. Ich kann als Wegweiser dienen, nicht aber als Weg. Denn der Weg, auf dem du wandelst, ist dein eigener, nur du kannst ihn beschreiten, nur du kannst ihn verlassen, nur du kannst ihn wieder betreten. Doch eines kannst selbst du nicht auf deinem Weg: zurück.

Du meinst also, dass die Wahrheit in der Relativität versinkt? Mein törichter Herold, natürlich tut sie das und natürlich tut sie das nicht.

Jeder für sich muss den Pfad der Weisheit durchwandern, Weisheit führt zur Wahrheit, die Wahrheit aber ist Erkenntnis. Die Erkenntnis berührt jeden Suchenden, der seine Reise abgeschlossen hat, anders. Deswegen solltest du auch diesen Buddha töten, also im Fall eines Falles. DIE Erkenntnis ist aber so gewaltig groß, dass nur wenige sie erreicht haben, nicht einmal ich bin zu ihr durchgedrungen. Dennoch: DIE Erkenntnis aber ist das Ganze und das Ganze besteht aus Teilen, also gibt es mehrere Erkenntnisse, sogenannte Teil-Erkenntnisse.

Eines dieser Teil-Erkenntnisse ist dieses hier: Das Leben hat keinen Sinn.

Doch Vorsicht, sei nicht zu übereifrig in deiner Zustimmung, schließlich ist es nur ein Teil. Ein weiser Mann, Portmann geheißen, sagte einmal, dass der Sinn des Lebens von jeder Generation neu erfunden bzw. gefunden werden muss.

Aber auch diese Weisheit ist nur ein Teil des Ganzen.

Kümmere dich nicht um die Wahrheit, sondern um Weisheit. Verstehst du? Es ist so, als ob du mit deinem Urlaubsziel zum Urlaubsziel kommen möchtest. Aber du brauchst einen Wagen, um zum Urlaubsziel zu gelangen.

Ich finde es äußerst bemerkenswert, dass du so hart an dir arbeitest. Das ist gut, sehr gut. Ich sag dir jetzt, wo die Grenze zwischen Wahn und Vernunft liegt.

Ich bin ein Jedi-Ritter, aber kann ich auch zehn Meter hoch springen? Kann ich Menschen wie Würmer in der Luft zerreißen?

Der Sinn des Wahns, der alle anderen übertrumpft, ist ein innerer Gegenpol, um den Wahn dieser Welt ertragen zu können.

Ich bin der Wahngott, aber reiße ich denn Menschen den Dünndarm heraus und springe damit Seil?

Religionen, Glaube, das alles ist Wahnsinn. Doch Wahnsinn gibt den Menschen Halt. Ohne Wahn, kein Mensch.

Doch Wahn schließt Vernunft nicht aus. Wahnsinnig ist es, einen Jedi-Tempel zu bauen und Jedi auszubilden. Vernünftig ist es, wenn diese sogenannten Jedi ausgebildet werden, um Menschen zu helfen.

Doch hat der Wahn in der Tat seine Grenzen, immer wenn etwas auszuarten scheint, fängt der Wahn an bösartig zu werden, so wie zu viele Zellen bösartig werden können, weil sie eine Geschwulst bilden.

Du schreibst, du malst, du spielst, du trainierst, du wirst sogar in Kampfkünsten unterwiesen.

Aber hast du auch einen Mentor? Woher nimmst du all diese Kraft? Wer oder was treibt dich an? Versuchst du mit alldem der Welt zu entfliehen, oder gibst du der Welt mit alldem ihren Sinn?

Was also ist dein Begehr, wenn du schreibst, dass „Überlegungen der dunkelsten Sorte" deinen Geist umnebelt haben? Einstein soll einmal gesagt haben, dass Dunkelheit nicht existiert. Dunkelheit sei lediglich das Fehlen von Licht. In der Geschichte wird Luzifer undankbarerweise als böse dargestellt. Jedoch ist er es, dem eine undankbare Aufgabe zuteilgeworden ist. Er nämlich trägt das Licht in der Dunkelheit, so, wie sein Name dies schon ersichtlich macht, denn Luzifer ist der Lichtträger. Er selbst aber wird vom Licht nicht berührt, so sagen manche.

Jeder Mensch will vom Licht berührt werden. Das Licht ist Anerkennung, Liebe, Zuneigung, Gefallen, Freundschaft.

Ab diesem Punkt komme ich zu einer abstrusen und waghalsigen Theorie: Die Größe des Lichtes, die einen Menschen berührt, ist gleich der Größe der Seele eines Menschen …

Die Seele muss geschult werden und die Schulung kennt kein Ende. Stets müssen wir uns aufs Neuste beweisen. Nur wenige

Menschen sind dazu fähig, geschweige denn dazu bereit, sich wirklich auf diesen schweren und wandelbaren Prozess einzulassen. Wie oft bin ich schon daran gescheitert, wie oft fiel ich schon von den Höhen der Mania in die Tiefen der Dementia.

Bedenke, was du willst. Willst du die Wahrheit, dann musst du einen undankbaren, schwermütigen und verzweifelten Pfad begehen. Ob du dies tatsächlich willst, wirst du dadurch feststellen, ob du auch tatsächlich bereit dafür bist. Wenn nicht, dann gibt es mannigfaltige Wege. Du kannst den ganzen Tag ver-pennen, ver-zocken, ver-fressen oder was auch immer. Du kannst dich auch sonstigen Gelüsten ergeben. Das „Ver-" ist das Hindernis: Die Ver-Suchung ist groß.

Mein Opa sagt immer: „Alles in Maßen."

All jene irdischen Genüsse verurteile ich nicht, im Gegenteil, sie sind unabdinglich, um Körper, Geist und Seele in Einklang zu bringen. Nur wenn das eine das andere überwiegt, wenn du dem einen im Gegensatz zum anderen zu viel Aufmerksamkeit schenkst, fällst du auf die Schnauze.

Verwechsele dies aber nicht mit deinen Talenten: Jeder Mensch hat angeborene Talente, die ihn sofort von anderen, auf das entsprechende Talent bezogen, hervorheben. Natürlich kannst du dich in allem üben. Aber dem Menschen ist gar nicht so viel Zeit beschieden, um alles, geschweige denn alles, perfekt zu können. Auch ist es wichtig, viele Dinge auszuprobieren, um seine eigenen oder gar versteckten Talente überhaupt herausfinden zu können. (Hier sei gesagt, dass ich nicht der Meinung bin, dass du zu vielen Fähigkeiten nacheiferst; hohoh, nein, im Gegensatz zu mir hast du erbärmlich wenige Talente.)

Hier führe ich mich selbst wieder als Beispiel an, hohoh:

Ich habe eine gute Menschenkenntnis als angeborenes Talent, dennoch übe ich mich ständig darin, dieses Talent zur Meisterschaft werden zu lassen. Deswegen kann ich z.B. so gut mit Kindern umgehen.

Ich kann kochen und auch wieder nicht. Denn kochen allgemein gelingt mir nicht, aber ich habe mich auf gewisse Gerichte spezialisiert. So sind meine Spaghetti mit Hackfleischsauce und Chili con Carne die BESTEN weit und breit im Reich.

So ist es oft mit Talenten, manche eignet man sich an, andere vertieft man. Und einige wird man nie beherrschen, sei es aus Zeitmangel (Übung macht den Meister) oder einfach nur, weil man es tatsächlich nicht vermag.

Oje, oje, ich überfordere doch dein kleines, noch wachsendes Gehirn nicht? Wenn du mir morgen dieselben Fragen stelltest, würde ich zu anderen Schlüssen kommen. Deswegen, auch wenn es meine unsäglich furchtbaren geniösen Gedanken sind, nehme es nicht als unabänderliche Weissagung hin.

Der Meister hat geschrieben …

Moddnock

Personen und Sachregister (notwendigerweise ebenfalls zensiert):

Pfirsich, Prinzessin des Pilzkönigreichs

Schildkröte, Bowser

Klempner, italienischer Superheld japanischer Abstammung

Maria, Mutter Meister Jesu

Publius Ovidius Naso, siehe Machiavelli

Die Westkurve, Fankurve auf dem Betzenberg

Fritz Walter, sogenannter Fußballgott (unter Gelehrten strittig)

Paul, ein Freund

Revolutionär, ein Teil des Autors

Dalai Lama, hier: Dalai Lama XIV.

Der Voyeur, das Internet?

Barack Obama, erster amerikanischer Präsident mit ersichtlichem Migrationshintergrund

Goethe, hier: Schriftsteller

Mephistopheles: Freund oder Feind Fausts

Machiavelli, italienischer und verbannter Schriftsteller

Malacoda, Throndämon in Dante Alighieris Komödie

Gott, auch: die Macht oder Ilúvatar

Luzifer, gefallener Engel; auch: Träger des Lichts

Scorpion C. Moddnock, Unbekannter

Vater Sithis, das Dunkle, die Leere

Beelzebub, Spitzname des Teufels, vgl. Piccolo

Star Wars, Creatione a George Lucas

Yoda, mein Meister

Hans Küng, Studienfreund des momentanen Stellvertreters auf Erden (Stand 2012)

Locke, Philosoph der Empirie

Hume, Philosoph der Empirie

Kant, Philosoph der Vernunft

Schopenhauer, eingeweihter Erleuchteter

Christoph Mumme, Verfasser

Dominic, Schlächter, Herold und Geschichtsschreiber des Reiches des Wahnsinnes

Buddha, indischer Erleuchteter

Adolf Portmann, Schweizer Philosoph

Albert Einstein, deutscher Physiker mit Hang zum Monotheismus ("Gott würfelt nicht")

Erst am Ende unseres Lebens wird uns das gesamte Ausmaß unseres Schicksals bewusst!

Scorpion C. Moddnock

Ich habe gehadert und überlegt, verworfen und neu kreiert, abermals bin ich zurückgewichen und deswegen sind die letzten Seiten, werter Leser, für Euch bestimmt. Nutzt sie so, wie Kant sie nutzen würde, mit Bedacht, kritischer Vernunft und Urteilskraft!

Epilog